EL SECRETO DE LA FLOR QUE VOLABA

© 2014 Demián Bucay, por el texto
© 2014 Mauricio Gómez Morin, por las ilustraciones

Edición: Daniel Goldin
Diseño: Mauricio Gómez Morin

D.R. © Editorial Océano, S.L.
Milanesat 21-23, Edificio Océano
08017 Barcelona, España
www.oceano.com

D.R. © Editorial Océano de México, S.A. de C.V.
Blvd. Manuel Ávila Camacho 76, piso 10
11000 México, D.F., México
www.oceano.mx
www.oceanotravesia.mx

Primera edición: 2014

ISBN: 978-607-400-315-4
Depósito legal: B-29658-LVI

HECHO EN MÉXICO / *MADE IN MEXICO*
IMPRESO EN ESPAÑA / *PRINTED IN SPAIN*

9003789010114

El secreto de la flor que volaba

Demián Bucay • Texto

Mauricio Gómez Morin • Ilustraciones

OCEANO Travesía

A Daniel Goldin, quien trató mi texto con un amor más allá del que en un comienzo se merecía y que supo prever la conmovedora belleza que las ilustraciones han aportado.

D.B.

A Hilda Yolanda, Celina, Andrés, Lya, Sabina y la pequeña Galia, porque son el pulso de mis días.

M.G.M.

Cuando Ho Liang, cuarto emperador de la dinastía Ho, era todavía un niño, solía acompañar a su padre en los viajes a las tierras lejanas del imperio.

Fue en uno de aquellos viajes que descubrió las mariposas.

Encontró las primeras cerca del río Tseng: un par de mariposas pequeñas, de un azul brillante, detenidas sobre una brizna de hierba. Estaban tan inmóviles que Liang las tomó por una flor y se acercó para sentir su aroma.

Pero entonces la flor se despegó de la hierba y voló frente a sus ojos para luego alejarse. Aquello fue, para ese niño, algo maravilloso.

Más tarde aprendió, desde luego, el secreto de la flor que volaba.

Pero ese descubrimiento no impidió que, a la sombra de su entrenamiento
en las artes del protocolo, de la guerra y de la política, la devoción del joven
Liang por las mariposas continuara creciendo.

Pronto, Ho Liang se convirtió en emperador y ese mismo día emitió su primer mandato. Quería poseer una mariposa de cada rincón de su imperio. Una mariposa por cada llanura y por cada río, una por cada valle y una por cada cordón montañoso.

Todas reunidas allí, en los jardines de su palacio, para que él pudiese contemplarlas a voluntad y sus súbditos supieran de la magnificencia y la diversidad de su imperio.

Los jinetes más veloces del reino montaron entonces en sus caballos
y partieron en todas las direcciones.

Treinta días más tarde regresaron, con sus monturas exhaustas y su cargamento de orugas que dejaron libres en los jardines del palacio.

Cuando Liang se retiró a sus habitaciones, se recostó en su cama y, por un momento, se sintió feliz. Pero en seguida pensó en lo que ocurriría por la noche.

Muchas mariposas saldrían de sus capullos y se alejarían sin que él hubiera tenido oportunidad de verlas. No se durmió hasta haber encontrado una solución.

Por la mañana, Ho Liang mandó a construir una gran caja de cristal
y ordenó que fuera colocada en su habitación principal. Todos los días,
sus sirvientes debían revisar los jardines del palacio, encontrar las orugas
que habían hecho su capullo, despegar con cuidado éstos de las hojas
y trasladarlos a la caja de cristal.

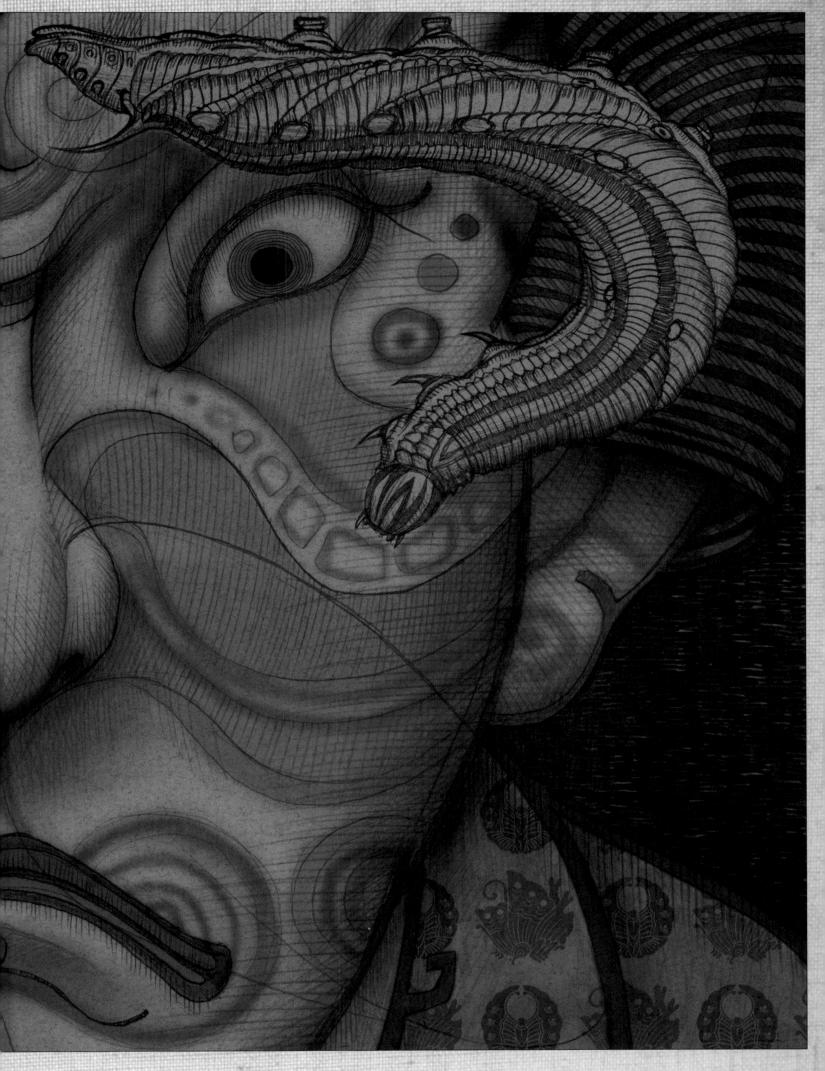

Así se hizo, y pronto el emperador pasaba la mayor parte del día
encerrado en su aposento mirando nacer y volar dentro de la inmensa
caja primero decenas y luego cientos de mariposas. Pero había algo
que le molestaba: todas las mariposas eran completamente transparentes.

En un principio sospechó que le habían engañado, de modo que envió por segunda vez a sus sirvientes a buscar nuevas orugas, pero esta vez los destinos fueron más inhóspitos y cada hombre fue acompañado por un guardia que debía asegurarse de que las órdenes fueran cumplidas. Sin embargo, al fin, el resultado fue el mismo: mariposas trasparentes.

Liang se recluyó aún más tiempo en sus habitaciones. Cuando algún ministro entraba con la intención de discutir algún asunto de importancia, salía apenas unos minutos más tarde, sudoroso y perplejo, sosteniendo en la mano un opresivo decreto con la firma del emperador.

Una mañana, mientras Liang se vestía en una de sus habitaciones, un sirviente joven entró en la alcoba para limpiar la caja. Cuando casi había terminado su tarea, la pieza de vidrio que la cubría resbaló, golpeó contra los pulidos mosaicos multicolores y estalló en cientos de fragmentos translúcidos.

Desde el otro lado del pasillo, Ho Liang escuchó el ruido del cristal al romperse y corrió hacia su alcoba. Al entrar vio algunas mariposas que volaban por la habitación y otras que, por las ventanas, salían al exterior. El joven sirviente trataba en vano de detenerlas agitando los brazos. Liang, pálido de furia, le echó de la habitación diciéndole que el verdugo le haría pagar su error.

La silueta de una mariposa que pasó frente a sus ojos lo hizo volver en sí.
La siguió hasta la ventana, mientras ella escapaba hacia los jardines.

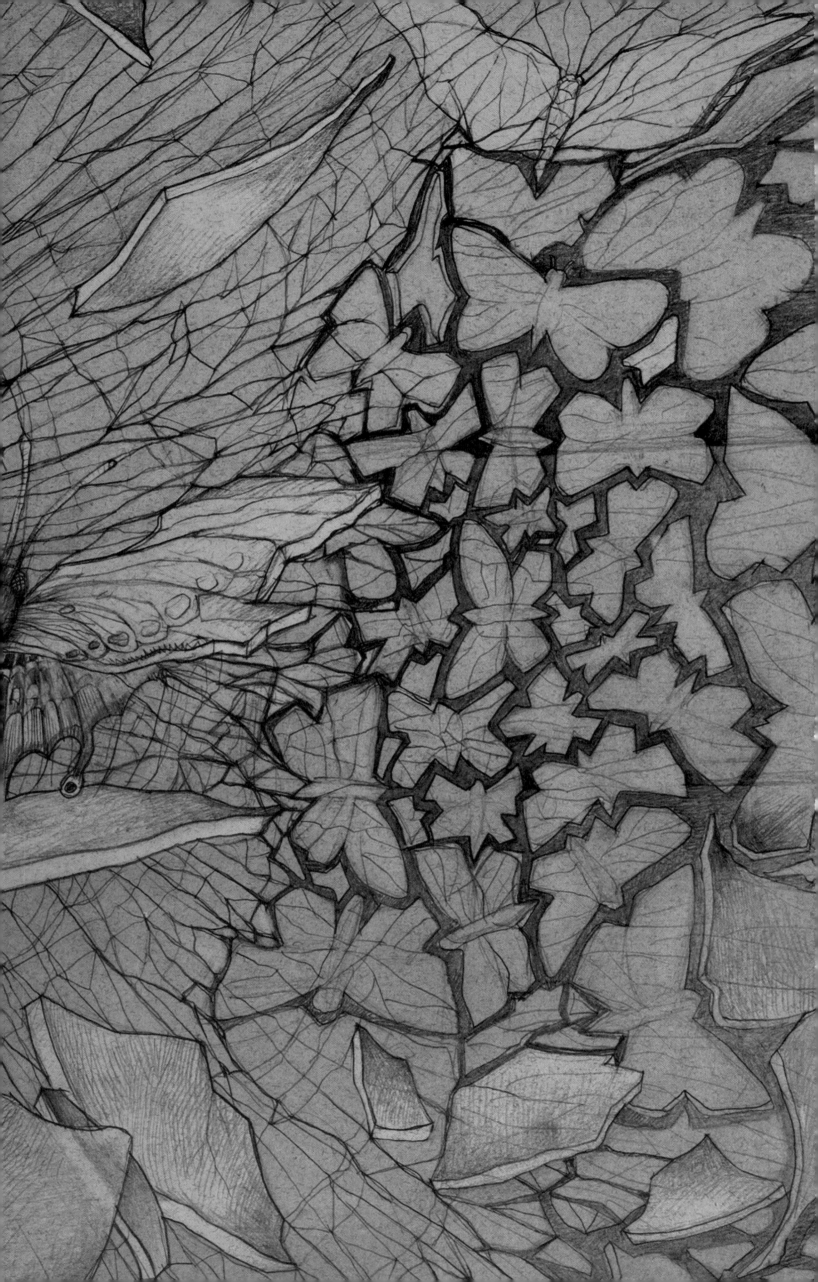

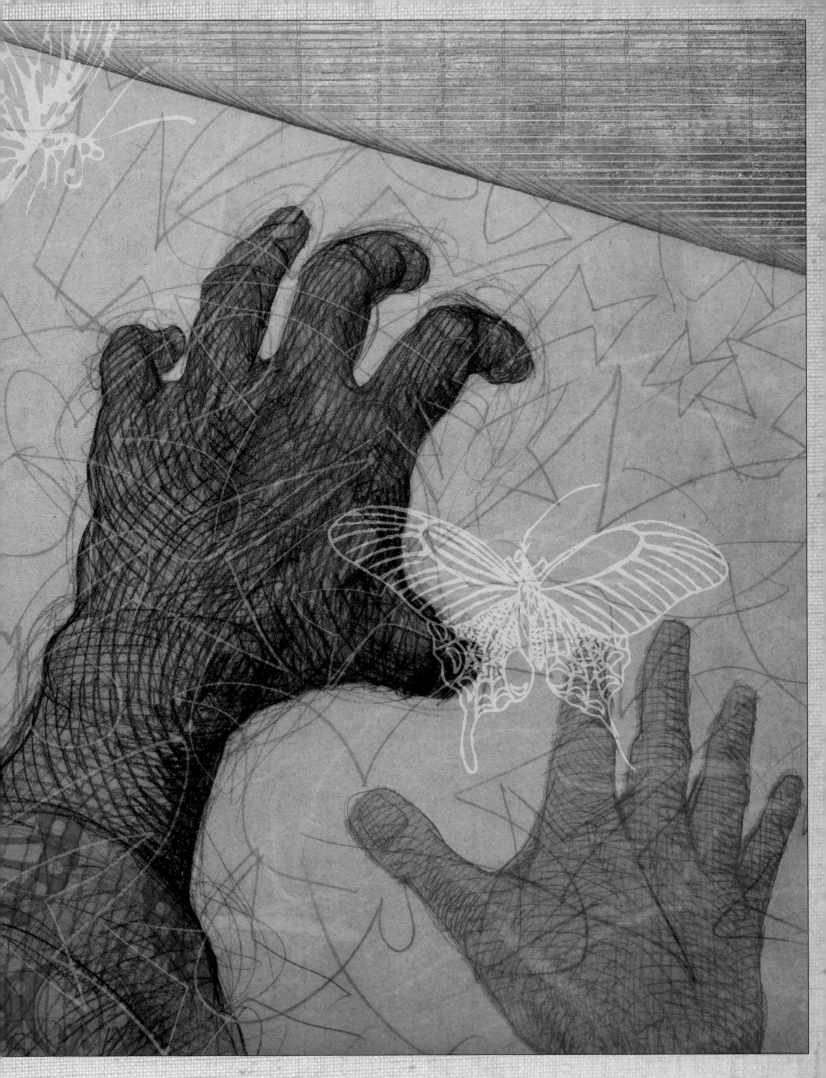

Liang estiró los brazos a través del hueco para atraparla, pero no lo consiguió. La mariposa se reunió en el aire con un gran número de mariposas transparentes.

Tres de ellas se desprendieron del grupo y se detuvieron sobre
el tronco de un árbol.

A través de sus alas podía verse la corteza del árbol. Cuando se alejaron,
el patrón de líneas marrones y negras se había dibujado en sus alas.

Otra descendió hasta posarse sobre la cabeza de un anciano
que podaba unos arbustos.

Mientras sus alas translúcidas se agitaban, se llenaron de tonos grises y plata.

Dos mariposas volaron cerca de varias flores amarillas...

... y tomaron el color de aquellas flores.

Una niña de ojos grandes y vestido verde miró hacia arriba...

... y un círculo negro sobre fondo verde apareció en cada una de las alas de la mariposa que pasaba.

Algunas volaron sobre la superficie de un estanque que reflejaba el sol
y se volvieron azules y brillantes.

Liang recordó aquellas mariposas del río Tseng.

Cerró la ventana por la que estaba mirando y corrió a cerrar las demás.

Al terminar de hacerlo, la única mariposa que quedaba dentro de la habitación permanecía transparente. Ho Liang se preguntó por qué.

Caminó hacia la mariposa con las manos enfrentadas para aplastarla. Pero
antes de que la alcanzara, la mariposa voló hasta la palma izquierda del
emperador y permaneció allí, detenida. Liang la imaginó muerta: una flor
invisible muerta entre sus manos.

Y fue entonces cuando comprendió que si aquella mariposa era
transparente, como lo habían sido las otras, era porque no había podido
reflejar más que el cristal de la caja en la que él las había encerrado.
Él les había impedido encontrar su propio color.

Caminó hasta la ventana, la abrió y extendió su mano hacia afuera.
La mariposa se despegó de la palma y se alejó hasta que Ho Liang
dejó de verla.

Se preguntó qué color tomaría esa última mariposa. Pensó entonces que él también había estado encerrado demasiado tiempo.

A la caída del sol de ese mismo día, cientos de velas se encendieron
en los jardines del palacio y miles de personas fueron invitadas para
escuchar a su emperador.

Ho Liang le perdonó la vida a su sirviente y dijo a su pueblo que
el sufrimiento que pasaban había sido producto de su ceguera y
que él no había sido, hasta entonces, un rey digno de su imperio
ni de su gente. Dijo también que esperaba su perdón y prometió
que muchas cosas cambiarían.

Y así se transmitió por todos los rincones del imperio la leyenda
de la flor que volaba.